AF369478

Illustrations
de
D. VIERGE

L'ESPAGNOLE

Texte et illustrations imprimés par LAHURE.

ÉMILE BERGERAT

L'ESPAGNOLE

Illustrations

DE

DANIEL VIERGE

GRAVÉES SUR BOIS

PAR

CLÉMENT BELLENGER

PARIS

LIBRAIRIE L. CONQUET

5, RUE DROUOT, 5

—

1891

L'ESPAGNOLE

C'était en 1808. J'étais alors lieutenant de hussards dans l'armée d'Espagne, commandée par Dupont. Ce général venait de signer la triste capitulation de Baylen, qui ne nous garantissait que la vie sauve ; honteux avantage, et sur lequel même nous comptions si peu que nous ne voulions pas déposer nos armes.

L'avenir donna raison à nos pressentiments.

Les pontons de Cadix, les rochers de Caprera, sur lesquels on nous entassa pour nous faire mourir, témoigneront dans l'histoire de l'incroyable éclipse du vieil honneur castillan.

Bon nombre d'officiers, de troupiers même, protestèrent par la fuite contre la pusillanimité de Dupont, qu'on accusait très haut de trahison. Ils se disaient : Irons-nous donc pourrir dans les prisons de Valence en attendant une paix hasardeuse, lorsque nous pouvons courir une dernière chance de liberté? D'ailleurs cette paix, qui peut nous la promettre avec l'homme endiablé qui nous gouverne? Tàchons de gagner Tarragone, qui est restée en notre pouvoir, et nous y retrouverons des camarades. En avant donc, et vive la France !

Ainsi parlaient les plus crànes, et j'étais du nombre. A vingt-trois ans, la captivité n'offre pas de bien riantes perspectives, et je les avais à cette époque. Dame! nous ne nous dissimulions pas la témérité de l'entreprise. Entre nous et Tarragone s'étendaient cent cinquante lieues de montagnes, de rivières gardées, les gué-

rillas, la soif, la faim, la nuit, et la haine
implacable des Espagnols. Beaucoup partirent
pleins d'espérance qui n'ont point revu le drapeau français! Et tout cela, pour faire un sort
à ce grand dadais de Joseph!

Enfin nous étions jeunes, intrépides, l'âme et
le corps trempés d'acier, et, suivant l'expression d'alors, « nous aimions la gloire ». De
quelque côté du monde que nous tendissions
l'oreille, il nous venait des bruits de canonnade
et des clameurs de victoire!... L'Espagne seule
était sombre : le soleil d'Austerlitz ne l'avait
point visitée! Nous nous mîmes en route à
notre tour, et ceux qui restaient hochèrent
silencieusement la tête en nous voyant par-
tir, comme des oiseaux de fâcheux augure.

Le plus redoutable de nos ennemis, c'était le
fanatisme haineux de la population ; nous
l'avions déjà éprouvé, du reste, pendant nos
marches et nos campements. Mais il semblait
croître encore avec la sécurité qui reparaissait
dans les campagnes. Dès que la nouvelle de la
capitulation y parvenait, les actes de vengeance
se multipliaient dans une proportion effrayante.

Les loups et les paysans se disputaient les fuyards
français.

Quant à L'Empécinado et à ses guérillas, il
n'était guère à redouter pour des hommes en
déroute sur qui le pillage même avait perdu
ses droits. Dès le départ, nous avions vendu nos
uniformes ; plusieurs s'étaient aussi défaits de
leurs armes en échange de quelques provisions
de bouche, et l'on marchait sans s'inquiéter des
voleurs.

Néanmoins, les massacres augmentant chaque jour, nous fîmes réflexion que, dans une
telle débandade, l'isolement était fatal à chacun, et la prudence nous réunit comme l'égoïsme
nous avait d'abord dispersés. Ceux qui étaient
partis en avant dans l'espoir d'être mieux
accueillis dans les villages où l'on ne savait
encore rien, attendirent ceux qui avançaient
plus lentement. On se forma en troupes de dix
à douze, et l'on ne craignit plus d'entrer dans
les bourgades et d'y demander impérieusement
le vivre et le couvert. Cela réussit d'abord assez
bien.

Les Espagnols n'osaient guère s'attaquer à

dix lapins énergiques, qui se formaient en carré et défendaient leur vie avec tout ce qui

leur tombait sous la main. Aussi changèrent-ils de tactique à notre égard.

Ils paraissaient s'adoucir, s'apitoyer même sur nos souffrances. Les femmes se montraient compatissantes ; les portes s'ouvraient toutes grandes, et nous nous félicitions déjà d'un changement si inattendu, lorsque nous remarquâmes que ceux qui entraient dans ces maisons hospitalières... n'en sortaient plus! Il courut dans l'air des histoires d'empoisonnement ; on parla de vert-de-gris, d'arsenic, d'aqua-tofana, d'un tas de pharmacies, et la peur saisit les plus déterminés.

Ah! l'empoisonnement! C'est un genre de mort qui n'est pas français! Il terrifie le soldat et le bouleverse comme une lâcheté. Passe encore d'être massacré par des fanatiques en délire, sur une route perdue, dans un fossé, en plein air! Mais se tordre aux flammes d'un incendie intérieur, rendre l'âme comme un chien enragé, en bavant l'arsenic, on ne se rompt pas à cette idée-là, on a beau faire! Certes, nous ne tenions pas beaucoup à la vie en ce temps-là ; mais nous avions nos façons de la donner pour rien, qui étaient plus coquettes!

La démoralisation se mit dans notre petite troupe. On se défiait d'un regard, d'un sourire, d'une parole. Un malaise inexprimable étreignait les cœurs, et cette terreur, trop justifiée.

on en conviendra, de mourir empoisonnés, nous poussa, nous aussi, à des actes cruels et regrettables. On s'embusquait derrière un buisson, on s'emparait d'une femme, d'un enfant, sous

les yeux mêmes du père ou du mari, et l'on posait à leur vie des conditions onéreuses. La plupart du temps ces pauvres gens s'exécutaient. Quelquefois aussi ils poussaient la haine nationale jusqu'à sacrifier leur famille ; oui, les exemples n'en furent pas rares. Nous avons assommé de faibles créatures, et sans pitié, que deux ou trois pains auraient sauvées de notre rage vengeresse. On parle souvent de la retraite de Russie! mais la retraite d'Espagne, grand Dieu! J'ai fait les deux, je ne sais pas laquelle m'a laissé le plus épouvantable souvenir!

La petite troupe à laquelle je me ralliai se composait de sept hommes : cinq troupiers, dont un sergent, un officier de ligne et moi.

Le sergent se trouvait être un de ces vieux soldats rompus au métier, bronzés sur toute émotion, déterminés, impitoyables, l'un de ces héros vulgaires enfin comme la République en avait forgés — pour l'Empire. Chez lui l'âme et le corps étaient invulnérables. Il allait, sombre, silencieux, guettant du coin de l'œil les tournants de la route et pressentant l'ennemi à un quart de lieue. Parfois, il s'arrêtait tout d'un coup, sans motif apparent, criait halte, et nous montrait du doigt, dans un fourré, le bout étincelant d'une carabine. Que de fois n'avons-nous pas dû la vie à son flair de vieil Iroquois!

— Sergent, lui disaient le soir les cinq piou-
pious épuisés, à combien en sommes-nous
encore de votre Tarragone?

— A cent mille espagnols, mes agneaux,
leur répondait-il en mâchant les mots avec
colère.

L'officier de ligne s'appelait de Mérange. Il
se trouva que je l'avais connu en Allemagne, et
ce fut un véritable bonheur pour nous de nous
retrouver en de telles circonstances. Mérange
était un garçon extrèmement intelligent, d'une
bonne famille franc-comtoise, et qui sortait des
écoles. Il était, de sa nature, petit-maître, duel-
liste enragé et brave comme un lion. Son visage
long et pâle, ses cheveux blonds bouclés et sa
fine moustache plaisaient singulièrement aux
femmes, qu'il s'accusait d'aimer sans remède.
Je me rappelle que son plus vif chagrin, pendant notre retraite, était d'être obligé de laisser
pousser sa barbe. Nous n'étions guère dans une
situation favorable à sa maladie lovelacienne, et
les señoras auxquelles nous avions affaire ne
paraissaient point disposées à lui prêter un
rasoir, un miroir et une savonnette.

D'ailleurs les seuls d'entre nous qui fussent encore armés étaient Mérange, le sergent et moi. Le sergent avait son sabre, qui, entre ses mains, devenait une arme formidable. Mérange se trouvait à la tête d'une paire de pistolets. Je n'avais qu'un simple couteau-poignard. C'était peu et c'était beaucoup. Plus tard un des troupiers découvrit dans un pré une vieille baïonnette, tordue et rouillée, qu'il recueillit avec empressement.

Nous marchions ainsi, forçant les étapes, vers Tarragone, couchant la plupart du temps à la belle étoile, à l'ombre d'une meule, dans une ruine abandonnée, et mangeant ce que nous dérobions au passage, tant nous avions peur de ce que l'on consentait à nous vendre. Souvent, brûlés par la soif, nous arrivions près d'une citerne, d'une mare ou d'une auge à bestiaux, et nous n'osions pas nous y désaltérer, crainte que l'eau n'en eût été empoisonnée. Alors nous nous remettions en embuscade, et le premier être qui passait, homme ou bête, était forcé, le sabre sur la gorge, d'expérimenter l'eau redoutée. En général, le sergent

se chargeait de ces sortes d'exécutions, et c'était
un terrible butor que le sergent ! Mais la méfiance rend cruel, et l'instinct de conservation

n'est pas moins bestial chez l'homme que chez
les autres animaux.

Un soir, après une marche enragée, nous
nous étions arrêtés au bord d'un bois d'oliviers,
commandé par une montagne assez verdoyante.
La faim nous talonnait depuis la veille, et nous
eussions brûlé les deux Castilles pour une patate.

Il s'agissait de souper ; mais, comme disait

le sergent, *il le fallait absolument.* A moins
de dévorer les petites grenades vertes qui commençaient à se nicher sous les feuilles, nous
ne savions par quel bout prendre notre appétit,
et nous nous consultions piteusement, lorsque
nous entendîmes des pas de cheval sur le chemin. Quelqu'un s'approchait, homme ou dia-
ble, dont il fallait tirer pitance. Nous nous
blottîmes, résolus à ne pas faire grâce à notre
proie, lorsqu'elle déboucha devant nous.

C'était une superbe femme, de trente ans en-
viron, assise sur un mulet andalou, et fredon-
nant à mi-voix un refrain de boléro ou de
séguedille. Nous ne nous attendions pas à pareil
ennemi, et nos regards hésitants se rencon-
trèrent. Ceux de Mérange demandaient grâce,
et le sergent lui-même caressait sa barbe d'un
air désappointé. Il fallait pourtant prendre un
parti, et il était ridicule, dans notre état, de
laisser s'évader ainsi notre dernière chance.
Mais nous étions fascinés par la beauté de la
promeneuse et nous restions immobiles, le ventre à terre, comme des bonzes devant leurs
fétiches. Ah! la belle coquine de femme!

Sous le parasol qui l'abritait, on voyait on-
duler sa magnifique chevelure de jais, dont les
tresses, tordues brusquement, allaient se perdre
entre les dents d'un peigne d'écaille et de

corail, d'où pendait sa mantille espagnole. Ses
yeux bleus et profonds, bordés de cils noirs,
très longs, étaient fixés sur l'horizon dans une
sorte de rêverie contemplative ; ses petites na-
rines roses battaient le vent comme des ailes
d'oiseau, et de ses lèvres minces et rieuses s'en-
volait une si douce cantilène que toute pensée

farouche s'évanouissait à l'entendre. Mon Mérange la buvait des yeux.

Elle se balançait ou plutôt se dorlotait en mesure sur le dos de son joli mulet, dont elle caressait machinalement les oreilles dressées, et elle semblait si heureuse d'être au monde! La montagne était baignée des lueurs rougeâtres du couchant; l'air, embaumé de mille senteurs, tremblotait dans un brouillard rose, et, sous l'ombre épaissie des bois, les derniers pépiements des nids saluaient la fin d'une journée radieuse.

Par malheur pour elle, Mérange ayant fait un mouvement, l'Espagnole se retourna, nous aperçut, sauta à bas de sa mule et se mit à courir. Cela la perdit. En deux bonds le sergent l'avait rejointe et lui posait sa rude main sur l'épaule.

— Arrière donc, brutal! fit Mérange en l'écartant; est-ce ainsi qu'un Français aborde une jolie femme?

Le prestige de l'épaulette est irrésistible pour tous les soldats, et le sergent céda immédiatement à l'injonction de son supérieur en grade:

mais il ne se recula qu'en grommelant. Mérange s'était découvert galamment devant l'Espagnole, comme un brigand d'opéra-comique.

— Ne craignez rien de nous, señora, lui dit-il en pur castillan, nous sommes d'honnêtes gens ; mais nous avons grand'faim et nous cherchons une hôtellerie.

Elle nous regarda l'un après l'autre, comme si elle nous comptait, et un sourire singulier dérida son charmant visage. Sans doute la façon inusitée dont nous cherchions l'hôtellerie de Mérange lui parut divertissante.

— Je vais à Las Cabezas de San-Juan, fit-elle enfin ; accompagnez-moi, et je me ferai un plaisir de vous recevoir tous dans ma maison.

Et, aidée de Mérange, elle remonta sans façon sur son mulet. Comme elle avait répondu en français, sa proposition n'eut pas besoin de nous être traduite par notre camarade.

— C'est ça ! gronda le sergent, allons nous faire traiter au vert-de-gris par cette gitana ! Elle *ne me chausse pas*, moi, avec son Cabezas !

Pour le sergent, tous les événements de la

vie se résumaient à une seule et unique manière de voir : ce qui chausse, et ce qui ne chausse pas! Il n'avait que ce critérium, mais il lui servait à tout, inflexiblement.

Sa réflexion, néanmoins, nous rappela à la circonspection. Tant d'exemples nous avertissaient de nous garer de la haine espagnole! Mérange était d'avis de tenter cette bonne fortune, ajoutant qu'une fois arrivés, nous étions à même de prendre toutes les mesures suggérées par la prudence. Peut-être avait-il bien aussi quelque autre idée en tête et plaidait-il une cause plus intime que celle de l'appétit général! Quant à moi, j'estimais qu'il était bon de la suivre, d'entrer dans le bourg nos armes au poing, et là de voir ce que nous pourrions obtenir des habitants, de gré ou de force, par ruse ou par menace, ce moyen nous ayant réussi quelquefois, en raison de son audace même.

— A quoi bon tant de paroles? dit alors le sergent. La chair du mulet est succulente et digne de la table des monarques. Nous avons là, ajouta-t-il en jouant sur les mots, la plus grosse espèce du poisson, et de quoi fricasser jusqu'à Tarragone !

Les soldats, séduits par le raisonnement goguenard et la plaisanterie soldatesque du vieux grognard, se rangèrent bruyamment à sa motion. Les flammes de leurs yeux d'affamés léchaient déjà la pauvre bête.

La señora se douta-t-elle, à leur pantomime, du sort qu'on préparait à sa monture ? Toujours est-il qu'elle se tourna vivement vers son chevalier Mérange, et lui dit à mots précipités :

— Je comprends. Ils se méfient de moi ! Mon mulet Antonio leur fait envie ! Les pauvres gens ! craignent-ils donc que je les empoisonne ?

— C'est tout juste cela, ma belle, dit le sergent ; ils le craignent, ni plus ni moins !

— Vous aussi, monsieur ?

— Moi, itou ! Le mulet me chausse davantage, sans vous commander !

— Eh bien ! reprit-elle toute piquée, vous préparerez vos aliments vous-mêmes ! J'ai une basse-cour, vous y ferez votre choix. A moins que les poules ne se nourrissent de poisons ! D'ail-

2

leurs quel profit ai-je à vous recevoir dans ma maison? Des deux côtés je m'expose!... Enfin consultez-vous et, quels que soient vos ordres, je m'y soumets d'avance! N'êtes-vous pas sept hommes contre une femme?

— Oh! señora! fit Mérange, ce mot est de trop! retirez-le, de grâce!

Et, à l'entendre, on se serait cru dans un salon du faubourg Saint-Germain, à un bal de dandys et d'élégantes. Ses regards en coulisse, son geste arrondi, tout son être cambré, juraient tellement avec les tristesses de son accoutrement, ses yeux caves et sa barbe de forêt vierge, que l'Espagnole ne put retenir un grand éclat de rire.

— Je le retire, dit-elle; vous êtes charmant!

Et elle lui abandonna sa main, qu'il baisa, hélas!

Je les interrompis pour demander à la señora où se trouvait Las Cabezas de San-Juan. Elle indiqua un pli de la montagne.

— Madame, repris-je, je ne puis croire qu'une belle personne comme vous veuille tromper de braves gens sans défense, qui ne sont coupables envers votre pays que d'avoir obéi aux lois du leur. Pour mon compte, je répondrais de votre sincérité. Mais un serment rassurerait tout à fait nos compagnons, aigris par des soupçons bien excusables en ce temps où toute humanité est méconnue. Nous vous saurions donc un gré infini de condescendre à cette formalité.

En lui demandant un serment, je savais bien ce que je faisais. L'Espagnol est superstitieux, et un serment pour lui est une chose qu'on ne transgresse pas sans encourir l'enfer dans l'autre monde et le déshonneur dans celui-ci.

— Formalité, un serment ! s'écria-t-elle en levant les mains au ciel. Vous appelez cela une formalité, monsieur ! D'ailleurs, sur quoi jurerais-je ? je n'ai pas de livre saint !

— Sur ce que vous voudrez : la Madone, par exemple.

— Ce serment est grave pour une catholique, apostolique et romaine !

— Qu'importe ! puisque vous devez le tenir !

Elle se recueillit, fit un grand signe de croix et prononça d'une voix assurée :

— Je jure sur la Madone de ne pas agir autrement avec vous que vous n'agiriez vous-même à ma place!

— Ta, ta, ta! pas de ça, Lisette! objecta le sergent. Il faut spécifier avec ces gens-là. Jurez simplement de ne pas attenter à nos jours, et songez que nous sommes maîtres des vôtres!

L'Espagnole toisa avec hauteur l'incorrigible bourru.

— Eh bien, soit! fit-elle, si cela *vous chausse* mieux! La formule n'est rien, l'intention est tout!

Et elle répéta le serment.

Le poète grec l'a dit : « Quand les dieux veulent perdre un homme, ils le dépouillent de la moitié de son âme. » Étions-nous alors dans cette condition? je l'ignore. Nous fûmes convaincus, nous athées, ou à peu près, par ce serment prêté sur une croyance que nous considérions comme vaine et superstitieuse.

Quelle bête de chose que la faim!

Nous la suivîmes, ne sachant pas quel démon ou quel ange nous avions ainsi devant nous. Pour Mérange, le doute n'existait plus

depuis longtemps déjà, s'il avait déjà existé. Le
sergent n'était pas convaincu; il avait pris

d'une main la bride d'Antonio, et de l'autre il
serrait la poignée de son sabre.

— Allons-y! grommelait-il, mais j'aurai l'œil
à la marmite.

Quant à Mérange, il ne l'accompagnait pas,
il l'escortait comme une reine. Je m'amusais
extrêmement de ses œillades passionnées. A

certains moments, je crus même m'apercevoir qu'elle y répondait. Elle prit son éventail à sa ceinture et se mit à le faire parler selon les modes galantes du pays.

La nuit tombait. Tout à coup l'Espagnole se retourna :

— Messieurs, voulez-vous accepter un conseil? N'entrons pas dans la ville. Vous y êtes exécrés, et ma protection ne vous préserverait point de la fureur populaire.

— Voyons-la venir, et gare au piège à loup! fut la réponse du sergent.

— Monsieur, reprit-elle, un peu tremblante, j'aurais dès à présent le droit de me plaindre de vos procédés!... Je préfère attendre que votre méfiance se dissipe. Je m'appelle Juana y Guarro. Mon mari est mort il y a deux ans, avant la guerre, en me laissant une grande fortune. Il était le plus riche propriétaire de la ville. Ma maison est très vaste, et j'ai pensé que vous y seriez plus à l'aise que dans l'unique auberge du pays, en admettant que vous y eussiez été reçus. C'est pourquoi je vous ai invités à y descendre. Si je vous propose d'éviter la ville, c'est que j'en connais trop les dispositions à l'égard des Français fugitifs. Elles ne sont pas en votre faveur, — tant s'en faut ! Vous pouvez entrer chez moi sans qu'on vous aperçoive, par une porte qui donne de ma maison sur l'autre versant de la montagne. En voici la clef, gardez-la. Vous serez maîtres d'entrer si bon vous semble. Je ne contrains personne à recevoir mon hospitalité.

— Ça, ça me chausse ! fit le sergent.

Et il mit la clef dans sa poche.

Je l'observais pendant tout son petit discours. Elle l'avait prononcé d'un ton fier et presque railleur. Ses yeux brillaient, sous ses longs cils, purs de mensonge, et dans leurs regards clairs et droits il me semblait lire cette pensée dédaigneuse :

— Qui eût cru que sept soldats de Napoléon pussent avoir à ce point peur d'une femme espagnole !

Aussi commencions-nous à ressentir quelque honte. Mérange jugea convenable de nous excuser de nouveau par le récit de plusieurs traits de cruauté exercée par ses compatriotes sur les nôtres : il les lui retraça avec de vives couleurs. Elle n'en parut pas étonnée et renchérit elle-même sur ces exemples par d'autres plus horribles encore. Elle nous raconta comment deux ou trois de ses proches parents avaient, la quinzaine précédente, empoisonné l'une des petites troupes qui nous précédaient.

— Et tout le pays a battu des mains! concluait-elle. C'est peut-être un grand bonheur pour vous d'avoir rencontré la bonne Juana avant de vous aventurer dans Las Cabezas de San-Juan.

Non seulement Mérange en convint, mais il en remercia la Providence.

Elle souriait en disant cela, l'étrange créature, et je ne pouvais m'empêcher de songer que ce sourire était peut-être notre arrêt de mort. Oui, bon ou fatal, notre sort fut dès ce moment entre ses mains. Nous nous étions pris à notre propre piège, avec ce serment qui nous enchaînait à la confiance. Car enfin elle avait juré sur la Madone, et cela à notre demande ! D'ailleurs, plus elle nous invitait à contrôler l'exactitude de ses moindres assertions, plus nous nous défendions de ce contrôle ; nous nous en remettions d'autant mieux à sa discrétion qu'elle récusait toute influence sur nos décisions. En un mot, nous ressemblions à ces duellistes devant lesquels on pose deux pistolets dont un seul est chargé, et qui, leur choix fait, s'ajustent eux-mêmes au front sans savoir si, dans leur main, ils tiennent la vie ou la mort.

Seul, le sergent conservait sa sombre attitude. Il jetait de temps à autre un regard soupçonneux à Juana, qui avait fini par plaisanter gaiement sa mine renfrognée. Mais, dans l'ombre, à plusieurs reprises, il m'avait semblé entendre comme des bruits de baisers furtifs.

Au bout de vingt minutes de marche, nous aperçûmes le bourg de Las Cabezas de San-Juan, fièrement campé sur un roc à pic. L'Espagnole nous fit signe de la suivre dans un sentier montagneux bordé d'une haie de myrtes et de romarins. Ce sentier contournait la côte et s'arrêta bientôt devant une sorte de serre couverte. Elle sauta à bas de son mulet et nous dit : — C'est là.

Le sergent prit la clef et ouvrit.

De grandes ombres blanchâtres descendaient de sommets des sierras, dont les silhouettes bizarres tranchaient sur la transparence du firmament ; le silence et la fraîcheur envahissaient peu à peu la vallée. Nous avions en effet évité le village.

— Lieutenant, me dit le sergent, nous y sommes ! C'est le moment des moments ! Il faut que madame passe devant nous pour nous conduire. Prenez-lui la main, et ne la lâchez plus que nous ne soyons en bon lieu ! Il fait noir comme dans un four éteint, dans ce maudit couloir.

Juana se prêta de la meilleure grâce du monde à cette précaution. Nous pénétrâmes, l'un après l'autre, dans la serre. Le sergent entra le dernier, tira la porte sur lui et la ferma à double tour.

Nous nous engageâmes dans l'obscurité, silencieux, un peu émus, ne sachant trop sur quel sol nous marchions. Juana allait en avant d'un pas ferme.

Je lui tenais la main de façon à ne lui laisser

aucun espoir de m'échapper, si elle en avait eu le projet, et, qui mieux est, de telle sorte que j'aurais senti la moindre hésitation, la moindre agitation de son âme. Le pouls battait tranquillement. La paume était fraîche, et les doigts, mollement repliés sur les miens, témoignaient d'un abandon complet de la volonté.

— Heureux coquin, me glissa Mérange à l'oreille, que dit le baromètre?

— Beau temps fixe! répondis-je.

En ce moment nous débouchions dans une véranda formant suite à la serre; la lune y donnait en plein à travers le vitrage d'en haut. J'eus là un instant de terreur. L'Espagnole me parut livide. Était-ce l'effet de cette lumière fantastique? était-ce réalité? Elle s'aperçut de mon trouble et elle se mit à rire.

— Je suis verte, n'est-ce pas? Mais voyez donc ces messieurs; ne les prendrait-on pas pour leurs propres fantômes?

Nous avions, en effet, plutôt l'air de sept spectres noctambules que d'une troupe de pauvres diables en quête d'un souper.

Au fond de la véranda sublunaire, Juana

poussa du genou une porte masquée par une tenture, et nous entrâmes dans une vaste cuisine illuminée par le brasier d'une cheminée monumentale. Une jeune femme, qui dormait sur une chaise en face d'un rôti, s'éveilla à notre bruit et se leva avec un vif saisissement. De fait, nous étions faits comme des voleurs.

— N'aie pas peur, ma bonne Pepa, lui dit Juana en me quittant la main. Jette deux bûches au foyer. Voici de vaillants señores que je t'amène pour souper. Francesco rentrera la mule qui grelotte à la porte de la montagne. Qu'il fasse le tour : nous avons fermé la petite entrée.

— Le señor Francesco est encore en ville ; il devrait être ici depuis longtemps, répondit Pepa. J'irai moi-même rentrer Antonio.

— Minute ! fit le sergent, on ne bouge plus.

— C'est juste, reprit Juana. J'enverrai Pedrez. Pour toi, contente-toi d'attiser ces braises ; puis tu indiqueras à monsieur le poulailler (elle désigna le sergent) et tu dresseras la table. Ces messieurs surveilleront eux-mêmes la broche, s'il plaît à Leurs Excellences !

Et elle fit une révérence.

La servante, sans réflexions, exécuta ce qu'on lui commandait. Déjà le sergent était de

retour à la tête de deux poules qu'il pluma incontinent et qu'il mit au feu lui-même. Pepa le regardait faire avec étonnement, mais sans mot dire.

Mérange commençait à trouver cette con-

duite du sergent inutilement outrageante pour
la belle señora; il contenait à peine sa colère
et il allait donner, au sergent et aux soldats qui
l'aidaient, une leçon de galanterie française,
lorsqu'un gracieux enfant de dix à douze ans
entra tout à coup dans la cuisine, nous regarda
d'un air interdit, sauta au cou de Juana, qui
l'embrassa tendrement, et disparut par où il
était entré.

— C'est mon neveu Pedrez, nous dit-elle, le
fils unique de ma sœur chérie! Je l'aime
comme mon propre fils. Il est ici depuis quelques jours. Sa mère me l'envoie chaque année
passer un mois avec mon Francesco. Il est allé
rentrer la mule. Quant à mon fils, vous le
verrez tout à l'heure.

Et elle se tourna vers Mérange :

— Ah! nos enfants, monsieur! ils ne se dou-
tent pas combien on les aime! Il y a un proverbe de notre pays qui dit : « Nos enfants sont
comme nos entrailles, nous en avons besoin ».
Mes enfants! si le vent soufflait sur l'un d'eux,
mes yeux resteraient fixes!

Et elle le lui répéta en espagnol. Mérange

lui répondit dans le même idiome, sans doute
par un autre proverbe moins familial, car elle
lui donna un coup d'éventail sur les doigts.

— Mais j'y pense, reprit-elle, si ces messieurs désiraient faire un bout de toilette, les
chambres de mes enfants sont à leur dispo-

sition. Me permettra-t-on, ajouta-t-elle en regardant le sergent, de me retirer un instant dans la mienne?

— Merci pour nous, fit celui-ci, nous trouverons des brosses à Tarragone.

— Quant à moi, j'accepte avec le plus grand plaisir, repartit Mérange.

Il offrit le bras à Juana, qui le prit sans hésiter, et tous deux disparurent dans l'appartement.

Quand Mérange redescendit, il était rasé de frais et il sentait la parfumerie.

— Elle vous a prêté un rasoir? lui demandai-je, vous voilà content.

— Enchanté. C'est celui du señor Y Guarro, son mari. Mon cher ami, elle est adorable. J'ai envie de rester ici pour toujours.

— Prenez garde! lui dis-je. L'histoire de Dalila est formelle : cela commence par la barbe et cela finit par les cheveux. Nous sommes entourés des Philistins!

— Est-ce que vous plaignez beaucoup Samson? me dit le jeune fou.

Et il pivota sur les talons pour aller recevoir Juana qui entrait.

Elle s'était habillée de sa plus belle robe ;
elle s'était ornée de ses plus riches bijoux, elle
était d'une beauté souveraine, irrésistible, vic-
torieuse! Ses yeux brillaient comme des tur-

quoises : deux camélias rouges empourpraient
ses cheveux relevés sur le chignon et que deux
accroche-cœur prolongeaient aux tempes. Ses
dents, dans sa bouche rose entr'ouverte par un
sourire, miroitaient comme des diamants. Elle
était décolletée.... Qu'il vous suffise de savoir que

le corail fait valoir les peaux brunes et qu'elle
avait au cou un collier magnifique de cette pier-
rerie ; aux bras également. Quant à sa robe,
elle était noire, avec des reflets d'acier, et une
garniture de dentelles à la française. Car les
Espagnoles commençaient déjà à adopter nos
modes de Paris. Mais c'est bien tout ce qu'elles
voulaient de nous, par exemple !

Ma foi, le sergent et les quatre pousse-cail-
loux se trouvèrent assez piteux de n'avoir pas
voulu aller se débarbouiller. Moi-même, je
regrettai le désordre de ma toilette ; j'avais de
la boue jusqu'au ventre ; bref, je n'étais pas du
tout, mais pas du tout en tenue de cérémonie.
Pepa avait mis le couvert, elle avait allumé le
lustre et fermé les jalousies.

— Messieurs, à table ! et quand vous voudrez ! dit Juana.

Et nous passâmes dans la salle à manger.
Ah ! si vous aviez vu Mérange donner la main à
la belle ! Je pensai, en le regardant, à sa pauvre
bonne femme de mère qui l'attendait, en fai-
sant de la charpie, dans son vieux château
franc-comtois. J'ai dit que Mérange était d'une

noble famille. En ce moment, il se croyait
positivement dans le monde.

Je ne partageais pas tout à fait sa confiance
absolue : aussi ne quittais-je pas Juana du
regard, et Pepa non plus. Cette aventure me
paraissait si bizarre que la pensée d'un piège
ne m'avait pas encore abandonné complète-
ment. Mais, malgré ma surveillance, je ne
découvrais rien de suspect ni dans leurs regards, ni dans leurs gestes. Elle m'avait placé
à sa droite et Mérange s'était assis à sa gauche,
du côté du cœur, lui disait-il. Quant aux troupiers, ils s'étaient tassés à l'extrémité de la
table, autour du sergent, dans un coin.

— Les vins sont dans la cave, dit Pepa.

— Accompagnez monsieur le sergent, répondit Juana, si toutefois il veut bien se donner la
peine d'aller les choisir lui-même. Quant à
moi, je ne bois que de l'eau. J'en ai de plusieurs sources des environs. Vous les goûterez,
messieurs, et vous déciderez ; voici toutes les
carafes et les alcarazas.

Le sergent, assez perplexe, passa la main
dans sa grosse moustache : il aimait les vins

d'Espagne, mais la prudence l'emporta encore une fois en lui sur le plus cher de ses vices.

— Faites excuse, madame. Nous boirons comme vous. Ce qui vous chausse me chausse!

En ce moment Francesco entra avec Pedrez et, comme lui, courut embrasser sa mère. Mais, prévenu sans doute par son cousin, il ne témoigna d'aucune surprise de nous voir et ne fit aucune remarque sur l'habillement de gala que portait Juana. Il s'assit en face de nous, et nous regarda sans souffler mot.

Je le vois encore, le sombre visage de cet enfant! De grands yeux profonds et noirs; le nez droit et fendu comme les lévriers; le menton carré et saillant des hommes énergiques; des cheveux d'ébène durs et plantés bas sur le front; une expression hautaine, indice d'un caractère de bronze. A côté, et contrastant avec la sienne, la jolie figure de Pedrez. Celui-ci, éveillé, alerte, le regard pétillant d'espièglerie et de curiosité, le sourire d'un enfant heureux et gâté; quelque chose de fin et d'affectueux tout ensemble, et tout cela dans l'admirable ovale du visage de sa tante. L'un aurait imposé aux hommes par la volonté, l'autre par la séduction. Mais tirez donc des horoscopes !

Le repas commença.

Il fut d'abord silencieux. Chacun se tenait sur la réserve. Une solennité singulière planait sur nous. Mérange seul s'efforçait de ne pas s'apercevoir de notre émotion, et il lançait en espagnol des déclarations et des madrigaux à Juana. Francesco fronçait le sourcil en regardant sa mère, car elle écoutait positivement les galanteries de Mérange.

Juana avait d'abord débuté par un bénédicité auquel Mérange et moi nous nous associâmes avec déférence. Puis Francesco découpa le rôti et il en fit autant de parts qu'il y avait de convives. Sa mère, sans s'expliquer davantage, le pria de se servir lui et son cousin, et de manger. Ce qu'il fit sans hésiter. Mérange avait déjà tendu son assiette ; j'en fis autant que lui, ne voulant pas paraître plus poltron que mon camarade.

Le sergent déclara vouloir s'en tenir aux poulets qu'il avait tués et fricassés lui-même. Il était stupide sur ce point, car non seulement

Pepa n'avait eu ni le temps ni l'occasion d'empoisonner ce rôti, mais encore il était évident que Juana n'aurait pas laissé les deux enfants s'en nourrir s'il avait été tel que l'obstiné le supposait.

Mérange, que la ténacité du vieux grognard commençait à agacer, voulait s'interposer, mais l'Espagnole l'apaisa.

— Monsieur est dans son droit, dit-elle ; mais il est probable que dans tout mon pauvre Antonio, il n'aurait point trouvé un morceau aussi succulent que celui-ci.

Et elle éclata de rire en avalant une bouchée.

Cette allusion à la féroce plaisanterie du sergent nous dérida, et nous la déclarâmes de bonne guerre. Mérange proclama le trait délicieux, et, sans plus de façon, il embrassa Juana sur son épaule nue. Francesco se dressa tout pâle.

Un regard de sa mère le fit rasseoir. Elle se pencha à l'oreille de Mérange et lui dit quelques mots à voix basse ; l'officier rougit et il se tint tranquille.

La glace cependant était rompue. La conversation s'engageait ; elle prit bientôt un tour intime et presque confidentiel. Juana affectait de parler de sujets gais et badins. Elle nous assura qu'en Espagne on aimait avant tout l'esprit *salé*, ce qui veut dire les pointes, les bons mots, les calembredaines. Elle nous en

traduisit quelques-uns. Mais, quand le sergent alla retirer ses poulets de la broche et les apporta sur la table, elle le pria de lui en donner une aile.

— Je veux courir avec vous, dit-elle, toutes les chances de vie ou de mort.

Mérange l'appela cruelle! Puis il la supplia

d'envoyer Pepa chercher quelques bouteilles à la cave.

— Votre eau me grise! faisait-il.

— C'est sans doute que vous vous trompez de verre à chaque instant, répliqua-t-elle : voilà trois fois que vous buvez dans le mien.

Les vins d'Espagne sont chauds et liquoreux ; ils ne tardèrent pas à nous mettre en belle humeur. Moins aveuglé cependant que mon camarade, j'avais soin de ne boire que de ceux dont Juana buvait et versait aux enfants. Mais je ne cacherai pas que je trouvais déjà toutes ces précautions insupportables. Il y a toujours un moment chez le Français où l'insouciance de son caractère reprend le dessus. Le sergent ne bronchait pas d'une semelle ; il se contentait de ses poulets, et il ne buvait que de l'eau : encore était-ce à une carafe qu'il était allé remplir lui-même à la fontaine du jardin. Les troupiers, qui, d'abord, lui avaient emboîté le pas docilement, voyant que nous nous livrions, finirent par imiter leurs officiers. On leur versa des rasades d'alicante et de xérès, et l'on commença à porter des toasts.

Dès le début de ce repas étrange, je n'avais cessé d'observer Pedrez et Francesco. Je savais que les enfants ne réussissent pas à cacher les secrets qu'on leur confie. J'épiais leur tenue, leur façon de manger, de boire, de regarder leur mère et leur tante; mais rien en eux ne confirmait les soupçons qui nous rongeaient. Francesco gardait un silence farouche; ses traits mâles dissimulaient mal une haine implacable de race, et ses regards nous décimaient; mais rien de plus. Pedrez nous observait d'un air curieux et courait de l'un à l'autre avec une question ou un sourire aux lèvres. Ils n'avaient pas la moindre notion du drame effrayant où nous étions engagés, c'était évident.

Tout à coup le sergent fit remarquer d'un air sombre que Pepa ne prenait point part au repas général.

— Mais j'ai dîné, fit-elle : ici, les domestiques mangent avant les maîtres.

L'excuse était plausible et fut acceptée, non sans peine, toutefois. La terreur du sergent tournait à l'exaspération. Il semblait flairer la trahison dans tous les coins, dans tous les faits.

dans l'air. Ses yeux tournaient sur eux-mêmes,
tenant en respect les ombres louches, les bruits
insolites du dehors, les pétillements du lustre
et les craquements des meubles. Il ressemblait
à un fauve acculé dans sa bauge, et qui déchi-
quette rapidement sa proie avant de prendre la
fuite.

Peu à peu les troupiers s'étaient rapprochés
de nous, et ils l'avaient laissé seul au bout de
la table. Ses dents sonnaient sur les os de
volaille. De temps en temps il se versait un
grand verre d'eau et il l'avalait d'une haleine.
Le petit Pedrez le contemplait curieusement et
n'osait s'en approcher; mais on devinait qu'il
en brûlait d'envie. Francesco, lui, ne voyait
que sa mère.

Les regards fixes de ce singulier enfant
avaient arrêté net les entreprises galantes du
beau Mérange. S'il parlait encore de fort près
au cou blanc de Juana, ce n'était plus à voix
basse et par chuchotements. Mérange était trop
fin cavalier pour ne pas comprendre que, toujours et partout, l'enfance est sacrée, et que le
respect filial ne doit être souillé par aucuns

doutes. Il se bornait donc à la courtoisie mondaine, et tâchait de donner à l'Espagnole une
haute idée des belles manières françaises.

— Messieurs. dit-il en se levant, je vous
propose de boire à la santé de notre charitable
amphitryonne, à sa santé, à sa prospérité et à
sa beauté !

— Chut! chut! avait fait vivement Juana, on peut vous entendre du dehors. On se couche tard en Espagne, et il y a encore des promeneurs dans la rue. J'accepte votre politesse, mais trinquons sans bruit.

Nous nous bornâmes donc à heurter nos verres en bouquet.

— Ce n'est pas tout, reprit Mérange; buvons aussi au jeune señor Francesco.

A ces mots, l'enfant s'était redressé, farouche; il prit son verre et le brisa à terre.

— Excusez mon fils, fit vivement Juana; il n'aime pas les Français; mais vous êtes chez lui, et il connaît les lois de l'hospitalité. Elle lui jeta un regard sévère.

Francesco prit un autre verre et trinqua avec nous, tout frémissant.

— Et maintenant, à la paix universelle! à l'union des peuples! jeta Mérange; à la suppression des Pyrénées!

Nous allions lui rendre encore raison de ce toast-là, tant nous étions égarés par le bienêtre et le plaisir, lorsque le sergent, remplissant son verre d'eau fraîche, se leva, lui aussi, dans son coin, et d'une voix forte, cria :

— Vive l'empereur !

Singulière époque que celle-là ! Beaucoup d'entre nous étaient fatigués de la guerre ; si, tous, nous admirions le génie de Napoléon, nous n'approuvions pas toujours son ambition démesurée, et nous sentions bien que tout cela finirait mal, que la fortune commençait à abandonner notre drapeau. Cette expédition d'Espagne avait elle-même ouvert les yeux à bien des fanatiques aveugles. On murmurait discrètement, mais on murmurait déjà dans la Grande Armée. Enfin, l'empereur perdait un peu de son prestige. D'ailleurs, Mérange, par sa naissance et ses opinions, était royaliste ; le sergent se souvenait qu'il avait été à Jemmapes ; moi-même j'inclinais beaucoup en ce temps-là aux idées d'opposition. Et cependant, ce cri, ce cri magique de : Vive l'empereur ! nous retourna le sang. Il était pour nous comme le mot d'ordre de notre destinée. Il évoquait tant de gloire et tant de misères aussi, que nous ne pouvions l'entendre sans en être bouleversés, soulevés, hors de nous ! Dans la situation surtout où nous étions, il sonnait comme le clairon du jugement ; il nous criait : Prenez garde ! songez où vous êtes ! méfiez-vous ! enfin, un tas de choses qui nous traversèrent l'esprit comme l'éclair.

Nous étions tous debout, et nous nous regardions. Alors, adieu toute prudence, toute réflexion, toute crainte ! Cet animal de sergent avait trouvé le mot juste de notre état mental : il avait touché la corde, il l'avait fait vibrer au bon endroit. D'un seul hourrah nous lui répondîmes, et le chorus dut s'entendre de loin !

— Vive l'empereur !

Mérange lui-même s'en mêla.

Le sergent, content de l'effet qu'il avait produit, s'était rassis en disant :

— A la bonne heure ! ça me chausse, cette trinquade-là !

Juana avait, par ce seul mot, perdu tout son avantage : elle le reconquit par un coup de maître.

Loin de laisser tomber l'émotion soulevée en nous par ce mot magique, elle l'entretint aussitôt d'une foule de questions propres à cha-

touiller notre amour-propre national. Elle nous
contait les bruits fabuleux qui couraient en
Espagne sur le grand homme. Elle nous retra-
çait les légendes populaires où la terreur s'al-
liait à la plus absurde superstition. En un mot,
elle caressa si bien notre religion militaire, que
nous perdîmes, à l'écouter, jusqu'au sens de
notre situation.

Nous nous pressions les mains, nous nous
félicitions d'avoir rencontré une si brave hô-
tesse. Nous voyions dans ce hasard fortuné une
promesse de délivrance; nos cœurs débordaient
d'allégresse. Puis chacun voulut parler à son
tour; on citait à l'envi tout ce que l'on savait
des mots et des habitudes de *l'ancien* : on
nommait les batailles auxquelles on avait as-
sisté, les généraux sous lesquels on avait com-
battu. Nous délirions, nous extravaguions de
plaisir !

Juana nous écoutait et battait des mains. A
chaque nouveau trait de notre histoire guer-
rière, elle pressait les enfants d'écouter et de
bien retenir.

— Vous avez là, leur disait-elle, une rare

occasion de vous instruire ; profitez-en ; ce sont des témoins oculaires !

Et les yeux du gentil Pedrez étincelaient de curiosité ardente, tandis que la vigoureuse poitrine de Francesco laissait échapper des soupirs oppressés.

Quand elle nous vit parvenus à un certain degré d'exaltation, d'ivresse et d'abandon, Juana fit un signe, et le silence se rétablit : elle semblait très émue, et ses seins battaient fortement.

— Mes chers amis, messieurs les Français, et enfin mes hôtes !... c'est un grand honneur pour une pauvre femme comme moi d'avoir reçu chez elle sept héros tels que vous !... sept braves de la Grande Armée !... Mon fils, mon neveu, et moi, nous garderons éternellement le souvenir de ce beau jour ! Je veux que vous emportiez aussi en France un bon souvenir de Juana y Guarro et de la cuisine espagnole. Permettez-moi donc de vous offrir avant votre départ un petit plat espagnol que l'on ne fait qu'ici et nulle part ailleurs. C'est mon triomphe et ma vanité de ménagère !... Ah ! mon

Dieu! j'oubliais, fit-elle en montrant le sergent, l'empoisonnement!... N'en parlons plus! Je comprends que mon serment ne suffise pas encore à vous rassurer!... Où donc avais-je la tête?

Et elle se rassit toute confuse, comme une personne qui vient de commettre une insigne maladresse.

C'était prendre, comme on dit, le taureau par les cornes! Mais peut-on feindre jusqu'à cette limite de l'audace? Cela semblait impossible, hors nature! Le sergent avait bondi sur sa chaise, et il nous regardait d'un air hébété. Il était évident pour lui que nous étions déjà des hommes morts.

Nous étions tenaillés entre les crocs de ce dilemme : ou cette femme veut nous empoisonner, et c'est déjà fait, — mais elle empoisonne avec nous elle d'abord, son fils ensuite, et enfin son neveu, c'est-à-dire un enfant qu'on lui a confié, dont elle est responsable, et qui n'est pas à elle : c'est invraisemblable ; d'ailleurs elle n'a qu'à ouvrir une fenêtre et crier que nous sommes chez elle, et nous serons

lapidés en cinq minutes par les habitants de
Las Cabezas, — ou Juana est une bonne créature (il y en a dans tous les pays, même en
guerre) jetée par la Providence sur notre route,
et dont nous n'avons payé jusqu'ici la charité
que par une suite de soupçons insultants.

Mérange prit la parole :

— Écoutez, sergent, et vous là-bas, les autres. Il faut en finir. Nous sommes en train de
nous conduire comme des lâches. Voilà une
dame qui nous recueille, qui nous soustrait à
la férocité de ses compatriotes, qui nous nour-
rit ! que sais-je encore ! Regardez-la : a-t-elle le
visage d'une empoisonneuse? L'est-on avec des
yeux de cette douceur, un front de cette pureté,
une bouche aussi souriante? Si vous pouvez le
penser, vous n'êtes pas seulement des goujats,
vous êtes des imbéciles ! Quoi ! vous, Français,
vous vous laissez dépasser en générosité par
une Espagnole! Vous recevez d'elle des leçons
de courtoisie, et vous n'y répondez que par
l'insulte ! En voilà assez. Oui, on nous égorge,
on nous empoisonne, on nous massacre !
L'êtes-vous, massacrés ou empoisonnés? Vous

avez bien bu, bien mangé, et vous êtes rouges
comme des gens qui sortent de la noce ! Vous
avez le ventre rond pour huit jours ! Il y a une
heure déjà que vous devriez vous tordre dans
les coliques. Est-ce vrai ? Eh bien, alors ! Pour
moi, je ne vous l'envoie pas dire : je considère
vos précautions comme injurieuses au dernier
chef, non seulement pour une femme, mais
pour une mère. Est-ce qu'une mère empoisonne son enfant pour avoir le plaisir de tuer
sept pauvres diables qu'elle ne connaît pas et
qui ne lui ont fait aucun mal ? Allons donc !
Je me connais en femmes un peu mieux que
vous, j'imagine, et je vous déclare que c'est
faire une insulte gratuite à madame que de ne
pas accepter ce qu'elle nous offre de si bon
cœur et spontanément. Pour ma part, j'avalerai, les yeux fermés, tout ce qu'elle placera
devant moi. Ceux qui ne feront pas comme moi
sont avertis qu'ils me donneront un démenti
personnel, et je les traiterai en conséquence !

Ce discours passionné eut l'effet que Mérange
en attendait. Juana le remercia avec une émotion violente. Je vis, à ses yeux chargés de

langueur, que mon camarade venait d'avancer singulièrement ses affaires avec la señora, si, toutefois, il ne les avait précédemment poussées à la dernière conclusion, ce que j'ai toujours soupçonné sans l'avoir jamais su. Nous entourâmes l'Espagnole et nous la pressâmes de nous confectionner ce plat auquel elle attachait tant d'importance. Elle s'en défendit en disant qu'il était inutile, pour une fantaisie puérile, de troubler la sécurité qu'elle était parvenue à nous rendre.

— Combien je regrette de m'être laissée aller devant vous à mon orgueil de pâtissière ! Cela nous a gâté tout notre repas !

Il fallut insister, la supplier. Mérange se mit à ses genoux en le lui demandant comme une grâce suprême.

— Non, non, je suis un peu blessée aussi de ne pas inspirer une confiance plus universelle. Et puis qu'arrivera-t-il ? Pour me faire honneur, vous y tremperez vos lèvres, et vous déclarerez la chose délicieuse ; mais vos soldats n'y toucheront point. Ce sera double injure. La plus patiente se lasse !

— Tout le monde en mangera, fit Mérange ; je vous en donne ma parole d'honneur.

— Le sergent aussi ?

— Le sergent aussi, foi d'officier français.

— Eh bien, soit ! conclut-elle, et vous m'en direz des nouvelles !

Le plat de Juana était une crème à l'ail, sucrerie d'une saveur particulière, dont les Andalouses raffolent, et qu'on ne réussit qu'en Espagne. Elle se fait à table même, sur un réchaud, et se mange liquide comme le sambayon, auquel elle ressemble. Pepa apporta des œufs, du lait et des épices de toute sorte ; puis elle mit un plat creux devant sa maîtresse ; au fond du plat était une pincée d'ail doux très fin hachée. Juana prit des œufs, les cassa, les battit avec des chalumeaux de paille, et les assaisonna, sous nos yeux, de sel, de poivre et de gingembre. La préparation, terminée, fut placée sur un réchaud et abandonnée à sa lente cuisson.

Quelques œufs intacts restèrent sur la table... fort heureusement.

— Ah ! folle que je suis, s'écria tout à coup

Juana en riant, j'allais oublier le principal !
Pepa, donne vite le sucre râpé.

Pepa lui apporta le sucrier, et elle en jeta
quatre ou cinq poignées sur la crème déjà tiède :

— Il faut huit minutes, dit-elle.

Elle était d'une beauté extraordinaire à ce
moment. Ses grands yeux bleus jetaient un feu
verdâtre, et ses joues enflammées ressem-
blaient aux oranges de son pays. Son sein battait à coups précipités, et le peintre qui l'eût
vue ainsi s'en serait inspiré pour une sibylle.

Enfin elle souffla le réchaud, et, levant le
plat à la hauteur de son front, elle se renversa
en arrière en criant de toute sa voix :

— Vive l'empereur !

Pourquoi ce cri farouche ? Quel sentiment
incompréhensible le lui inspirait, je l'ignore ;
mais un frisson nerveux me courut de la tête
aux pieds. Le plat commença à circuler : tous,
nous nous servîmes sans hésiter ; j'y mis moi-
même une précipitation fébrile. Mais, quand il
parvint au sergent, celui-ci le déposa et dit
simplement :

— Non !

— Ah ! le méchant homme ! fit Juana d'un ton de colère.

Nous commencions à gronder. Elle nous dé-

plaisait, à la fin, l'obstinée prudence du vieux sabreur. En ce moment surtout elle nous semblait impliquer une accusation insupportable d'aveuglement, d'autant plus insupportable qu'une voix secrète nous criait intérieurement qu'il avait raison et que lui seul, peut-être, échapperait à ce repas d'Armide.

— Au plat! le sergent, au plat! nous écriâmes-nous tous ensemble, en nous levant tumultueusement.

Nous étions décidés à lui entonner de force sa part du sambayon maudit. Il fallait qu'il y passât comme les camarades. Notre peau valait bien la sienne, et il n'avait pas plus d'esprit que tout le monde, n'est-ce pas? Et nous nous montions les uns les autres, par un de ces sentiments inexplicables qui n'était au fond que le despotisme de la peur.

— Est-ce que les libertés ne sont plus libres? fit le sergent dans son langage de caserne.

Et il nous tint tête, courageusement, séparé de nous par sa chaise qu'il balançait d'une main crispée.

— Au plat! au plat! répondions-nous en insistant davantage, sourds et aveugles à tous les arguments qu'il invoquait. Mais la vérité est que personne n'osait l'approcher, car on lui savait une rude poigne et certaine façon de

dessiner le moulinet avec son sabre qui eût
donné à réfléchir aux plus hardis.

Moi-même, je me déclarais nettement contre
lui. Quand j'y songe, aujourd'hui, je me demande où j'avais la tête. Dans certaines situa-
tions l'âme la plus droite s'exaspère et perd le
sens du juste et de la dignité. Du reste, la vie
militaire est une vie essentiellement factice : si
elle développe l'instinct de communauté, et ce
que l'on appelle « l'esprit de gamelle », c'est
autant dans le bien que dans le mal. On n'aime
pas plus à vaincre seul qu'à mourir seul. Tout
est à tous, les bons morceaux et les autres, le
pile et le face de la fortune. On n'a pas le droit
de faire bande à part et de s'isoler. Toutes les
écuelles sont égales, et également remplies,
que ce soit d'ailleurs de poison ou de cordial.
Nous n'étions pas d'humeur, ce soir-là, à créer
une exception à la règle, et il était écrit que le
sergent subirait le sort commun.

— Allons, sergent, lui dis-je, décidez-vous !

— Non, mon lieutenant, non. J'ai femme et
enfants, voyez-vous. Ma carcasse ne m'appar-
tient que par la moitié. Et puis je ne peux pas

supporter le goût de la mort-aux-rats. J'aime mieux la poudre. Ah! j'en avalerai tant que vous voudrez, de la poudre. Ça me connaît, et ça me chausse. Mais l'arsenic à la neige! adieu la compagnie!

— Au plat! au plat! hurlaient les quatre lignards en tapant des pieds sur le parquet.

— En avant-deux, blancs-becs! fit-il, et, bondissant dans l'angle d'une porte, il dégaina, les yeux clignotants, le corps ramassé. — Mort pour mort, je préfère celle où l'on saigne.

Mérange arma l'un de ses pistolets. Il était d'une pâleur terrible.

— Si vous remuez un cil, lui cria-t-il, je vous brûle!

Le sergent laissa tomber son sabre, et ses regards s'abaissèrent sur ses souliers. Il poussa un juron sourd, et sa poitrine se mit à haleter comme celle d'un forgeron.

— Si c'est Dieu possible! des camaros! des compatriotes! des pays, quoi! En venir là! ah! que c'est lâche!

Tout d'un coup la porte à laquelle il était

adossé céda à la pression de ses épaules : il se
retourna brusquement, et une adorable petite
fille, de quatre à cinq ans, blonde comme l'or

et rose comme une fleur de mai, se jeta dans
ses jambes en tirant une longue chemise de
nuit, comme une infante sa traîne. Elle était
encore tout ensommeillée et elle souriait mi-

gnonnement à la lumière, les lèvres entr'ou-
vertes par la curiosité. Le tumulte l'avait
réveillée dans son berceau, et elle était des-
cendue *pour voir*, l'innocente !

Le sergent avait regardé Juana : un coup
d'œil d'une rapidité foudroyante ! Ce qu'il y
avait vu, je l'ignore ; toujours est-il qu'il saisit
l'enfant et la posa sur son bras, tout assise,
puis il revint s'asseoir à sa place, devant son
assiette.

— Oh ! fîmes-nous avec une révolte instinc-
tive.

— Eh bien ! de quoi ? dit-il, et il nous toisa
d'un regard ironique qui jouait l'étonnement.
Qu'est-ce qui vous prend ? Est-ce que la petite
ne peut manger d'une bouillie au sucre ? J'en
mange bien, et vous aussi ! Suis-je capable de
faire du mal à un enfant ? D'ailleurs suffit : sa
mère est là, n'est-ce pas ? qu'elle m'ordonne de
lâcher sa fillette et je la lâche.

Qu'avions-nous à répondre à ce sarcasme
amer ? Nous regardâmes Juana, avec quelle
anxiété, seigneur Dieu ! Il y eut là une minute
terrible.

Mais, soit qu'elle comprit qu'elle jouait son
va-tout, soit qu'elle fût réellement innocente,
pas une ombre n'altéra sa physionomie, pas
un frémissement n'agita sa poitrine nue.

— Mange, amour de mes yeux ! mange, Juanina, mon idole ! et elle envoyait mille baisers
à la petite fille qui riait en se frottant les yeux
de ses menottes.

— Oh ! la bonne crème de ma maman ! fai-
sait l'innocente, je la reconnais bien, va ! Et
elle caressait avec ses petits bras la barbe du
farouche sergent. Que c'est bon ! Encore, mon
ami. Car tu m'aimes, toi, n'est-ce pas ? Moi
aussi je t'aime, car tu as une si belle barbe !

Elle dévidait son petit babillage, se trémous-
sait, se pendait à son cou, et, de ses jolis pieds
mignons et roses, elle piétinait de joie sur les
genoux du grognard. Lui, il regardait la mère
avec des yeux effrayants. Enfin, l'émotion l'em-
poigna aux caresses enveloppantes de cet ange :
deux grosses larmes lui tombèrent sur la moustache. Il les essuya d'un revers de main, puis,
se tournant vers Juana, il lui dit dans un
sanglot :

— Je vous demande pardon, madame, du fond du cœur, bien pardon !

Il était vaincu, lui aussi ! L'Espagnole reçut ses excuses avec une dignité railleuse, et elle l'assura qu'elle lui avait pardonné depuis long-temps.

Mérange serra la main au sergent ; mais, sentant néanmoins que Juana était plus piquée qu'elle ne le laissait paraître, et que cette scène l'avait attristée, il voulut jeter une diversion à sa mélancolie ; il alla détacher une mandoline suspendue à la muraille, près d'un buffet, et la lui apporta :

— Quand nous vous avons rencontrée sur le chemin, vous chantiez, madame. Avant de nous séparer pour toujours, faites-nous le plaisir, je vous en prie, de nous faire entendre votre jolie voix une fois encore. Dites-nous un boléro, Juana.

— Oui ! oui ! un boléro ! nous écriâmes-nous.

Elle y consentit, mais à la condition que Pepa emmènerait la petite pour la remettre au lit, ce qui fut fait à l'instant même.

— Adieu, mon ami ! dit l'enfant au sergent. Veux-tu m'embrasser ?

Le sergent essuya sa barbe avec sa manche

et il embrassa Juanina, qui disparut sur les
bras de sa bonne.

Alors elle se leva, l'Espagnole, prit la mandoline, et, d'une voix sonore qui résonnait dans la salle comme une trompette d'archange, elle commença un boléro. Voici ce qu'il disait, ce boléro :

« Savez-vous ce que sur la terre une Espagnole aime le plus?

« Est-ce le brûlant soleil natal qui dore ses montagnes, resplendit sur les mousquets des fiers caballeros et brunit le sein des jeunes mères, ce soleil d'Espagne, mine d'or dont on n'épuisera jamais les filons? Non, ce n'est pas cela que préfère une Espagnole.

« Est-ce le combat de l'arène où les jeunes hommes, bien découplés, bondissent et tournoient comme des volants au-dessus du front des taureaux furieux, et, du haut des airs, lui dardent dans les flancs un trait d'où jaillissent des fusées? Non, ce n'est pas cela que préfère une Espagnole.

« Est-ce la fandanga de nos prados où, le tambourin à clochettes d'une main, les castagnettes de l'autre, les señoras semblent s'applaudir à la fois de leur plaisir et se railler de leur folie? Ce n'est pas encore cela qu'aime par-dessus tout l'Espagnole.

« Est-ce la paresse, sœur de l'amour ? l'appel attendri des sérénades ? ou bien cette joie féminine de voir souffrir celui qu'on aime pour apprendre à l'en mieux consoler ? Non, non, ce n'est rien de tout cela que préfère l'Espagnole. »

A ce couplet, il me sembla entendre un cri à l'étage supérieur. Mais la voix de Juana était si puissante en ce moment que je pensai que c'était un écho de son refrain et une vibration lointaine. Elle avait porté la main à sa poitrine, et elle pâlissait. Nous attribuâmes ce mouvement à l'exaltation lyrique qui l'emportait. D'ailleurs elle se redressa, et saisissant un verre :

— Buvons à la santé du roi Joseph ! s'écria-t-elle, et je vous dirai le dernier couplet.

Le toast fut reçu par acclamations. Elle reprit aussitôt.

« Eh bien ! il y a une chose que l'Espagnole préfère à son soleil, à ses toréadors, à ses fandangos, à l'amour même ! Une chose, ajouta-t-elle d'un son de voix terrible, et en jetant sa mandoline à la tête du sergent, pour laquelle

elle donne sans regrets son père, sa mère, ses enfants, sa vie et celle de tous les siens. — c'est la patrie et la liberté ! »

Alors un éclair effroyable nous traversa l'esprit.

Juana était retombée, livide, et elle riait, en nous regardant, d'une façon convulsive. Nous restions pétrifiés.

Des cris d'enfant se firent entendre ; la porte s'ouvrit, et la petite Juanina vint rouler à nos pieds, roide, bleue, l'écume à la bouche, décomposée, morte ! La mère ne bougea point. Elle riait toujours.

Le pauvre Pedrez se dressa à son tour, poussa un cri affreux et, les yeux hors de leurs orbites, tomba comme une masse sur le sein de sa tante. Elle abaissa un bras sur ce cadavre et ouvrit l'autre pour y recevoir Francesco.

Celui-ci, la tête entre les poings, semblait écouter l'incendie qui embrasait son corps. Il se leva, vint se placer sur le bras qui l'attendait et mourut silencieux.

Juana riait toujours, comme on doit rire aux enfers. Elle nous regardait. Jamais pareil regard ne traversa un cœur d'homme de sa pointe effilée.

— Ah! les imbéciles! murmurait-elle, les imbéciles !

Nos âmes étaient dévastées par un ouragan

de fureur, de terreur, d'anéantissement et de honte. Les sentiments les plus exécrables dont soit capable la nature humaine nous flagellaient en tous sens. Nous restions atterrés, se

comés du haut en bas, devant cette tigresse
qui riait toujours : nous l'écoutions nous insul-
ter de son : « les imbéciles ! » et nous nous
demandions de quel cauchemar nous étions la
proie.

Le sergent s'était acculé dans un coin,
comme une bête fauve. Machinalement il avait
tiré son sabre, qui luisait dans l'ombre. Rien
n'avait encore brisé le silence sinistre dont toute
cette scène était enveloppée.

— Est-ce possible ! soupira un des soldats,
un jeune conscrit dont c'était la première campagne. Empoisonnés !

Ce fut le signal du déchaînement.

— Il faut lui arracher les yeux, la brûler,
l'éventrer, la hacher ! hurlaient les quatre
hommes en furie.

Et déjà quelques-uns commençaient à se
tordre et se couchaient en geignant sur le
plancher.

— Empoisonnés ! gémissaient-ils avec l'abru-
tissement monotone des pauvres diables qui ne
comprennent rien à ce qui leur arrive.

Et la voix sifflante de la funeste créature

répétait, avec la régularité d'un battement d'horloge :

— Les imbéciles! les imbéciles!

Mérange n'avait encore rien dit, mais tout son être tremblait. Tout à coup il s'approcha de l'Espagnole, et lui, l'homme qui adorait les femmes, qui les respectait comme des êtres sacrés, qui ne leur parlait qu'à genoux, voilà ce qu'il fit. Ces choses-là ne s'inventent pas. Il lui donna *un soufflet*.

Puis il prit un de ses pistolets et se fit sauter la cervelle.

Alors, dans la dernière lutte de l'agonie, mais toujours avec son rire de spectre, Juana avança la main, comme à tâtons, sur la table, y rencontra son verre et le répandit, en criant de tout ce qui lui restait de forces :

— Mort aux Français! Vive notre roi Fernand! Vivent l'Espagne et la liberté!

Et elle expira sur cette imprécation : *Muerte à los Franceses!*

Ce qui se passa alors dans cette salle de mort, cela ne se décrit pas, même à cinquante ans d'intervalle. J'ai vu des champs de bataille,

le soir, mais je n'ai jamais revu cette scène de
Las Cabezas de San-Juan.

Nos malheureux compagnons poussaient des
hurlements atroces. Ils suppliaient le sergent
de les achever avec son sabre. J'avais saisi le
second pistolet de Mérange, décidé à l'imiter
dès que les souffrances m'auraient pris. L'un
des soldats se traîna jusqu'à moi pour me dis-
puter cette arme. Il tomba avant d'y être par-
venu, heureusement. Celui qui avait une baïonnette se jeta dessus et roula dans un coin.
Mais comme les cris devenaient furieux et
qu'on pouvait les entendre du dehors, le sergent vint à moi :

— Lieutenant, me demanda-t-il, s'ils conti-
nuent à brailler ainsi, nous sommes massacrés.
Où en êtes-vous ? Moi, je ne sens rien encore.

— Moi non plus.

— Alors ?

— Dame ! ils ne souffriront plus, lui dis-je,
et je me détournai. J'en entendis un qui lui
disait : « Merci, sergent ! » et un autre qui
l'appela : « Canaille ! »

Cependant, malgré la rare excellence de ma

constitution, je commençais à ressentir les pre-
mières déchirures de l'empoisonnement. Il me

semblait qu'un soc de charrue s'avançait lentement dans mes entrailles. Le sergent lui-
même mordait sa moustache; il me dit d'une
voix un peu éteinte :

— Lieutenant, c'est de l'arsenic.

— Tu crois ?

— J'en suis sûr ; on dissimule le goût avec de l'ail. Si nous pouvions vomir, nous serions sauvés encore. Tenez, enfoncez-moi vos deux doigts dans la gorge. Je vous rendrai le même service.

L'opération nous soulagea en effet. Tout d'un coup le sergent se frappa le front comme saisi d'une idée subite.

— Nous sommes sauvés ! dit-il.

J'ai dit qu'il était resté quelques œufs intacts sur la table ; Juana ne les avait pas tous employés pour son plat abominable. Le sergent s'en empara, les cassa dans un verre et en délaya le jaune avec l'eau de la carafe, dont il était sûr.

— C'est souverain, fit-il ; avalez-en la moitié et gardez-moi l'autre.

— Maintenant, éteignons le lustre, c'est plus sûr, et filons.

Nous nous dirigeâmes en chancelant vers la porte. Je l'entrevis qui se penchait sur l'un des cadavres d'enfants, celui de la petite fille probablement, et qui coupait quelque chose dans l'ombre.

A ce moment, nous entendîmes distincte-

ment sur le chemin un bruit de pas et d'armes mêlé à des rumeurs confuses.

— Les entendez-vous, lieutenant ? C'est leur

Muerte à los Franceses! Cette femelle de Pepa aura couru avertir les habitants. Mais ils ne nous tiennent pas encore, foi de vieux routier !

A travers les fentes de la fenêtre une lueur de torches nous indiquait que tout le village était là et cernait la maison.

— Sergent, je suis bien faible, lui dis-je ; l'arsenic m'a coupé les jambes ; aidez-moi à armer le pistolet. Je ne mourrai pas sans casser la tête à l'un de ces brigands.

Au lieu de me répondre, il me prit sous les bras et m'entraîna dans la cuisine, dont il ferma la porte, qu'il barricada avec une table. Puis, aux dernières lueurs du brasier de la cheminée, il chercha l'entrée de la véranda. Il l'eut bientôt découverte ; il l'enfonça plutôt qu'il ne l'ouvrit, et nous nous y glissâmes en silence.

— J'ai encore la clef de la sortie de la montagne, me murmura-t-il à l'oreille. Courage, lieutenant ! si nous arrivons là sans encombre, je réponds de tout.

Quand nous fûmes dans la serre, il me mit la clef dans la main et me pria d'aller l'attendre sur le chemin.

—Ne m'abandonnez pas dans cet état, mon ami, lui dis-je, ou je me fais sauter, je vous en avertis.

— Soyez sans peur, je vais précisément m'occuper de vous.

Je sortis sans difficulté, et je me blottis dans l'angle de la porte, le pistolet au poing, prêt à tout événement. La nuit était magnifique. Dans

le ciel de folles brises couraient d'une étoile à
l'autre, comme des oiseaux qui folâtrent. La
fraîcheur de l'air me fit du bien. Je me sentis
prêt à défendre ma vie jusqu'au dernier souffle.

Néanmoins le sergent ne revenait pas et l'in-
quiétude me dévorait ; la pensée vole vite dans
de pareils moments. Enfin j'entendis un bruit
de pas dont je ne m'expliquais pas la cadence
lourde et martelée. -- Un homme ne marche
pas ainsi, pensais-je. La porte se rouvrit, et je
vis qui? le mulet, le pauvre Antonio, réveillé
par le sergent et poussé par lui à coups de
pointe de sabre.

— Grimpez là-dessus, me dit le grognard, et
triplons les étapes! Ah! un instant, ajouta-t-il,
de la prudence!

Et il ferma la porte à double tour et en jeta
la clef dans la vallée. Il était temps : la serre
commençait à s'éclairer et des ombres passaient
et repassaient, des torches à la main : on était
sur nos traces. Mais nous opérions une retraite
rapide, et nous sortîmes sans accident du fatal
sentier de myrtes et de romarins où nous nous
étions engagés, si joyeux, quelques heures aupa-

ravant, à la suite de la perfide Circé espagnole.

Une fois sur le grand chemin, nous mîmes la bête au trot et nous fûmes bientôt hors de portée.

— Il est providentiel que le mulet n'ait pas brait, disais-je à mon sauveur.

Il se mit à rire, et, me montrant le museau d'Antonio bâillonné avec un ceinturon :

— La Providence, il faut l'aider, lieutenant. Tantôt elle nous chausse et tantôt elle ne nous chausse plus. C'est la devise du soldat français.

A une lieue de là, je lui fis remarquer une magnifique aurore boréale qui s'étendait sur le rocher de San-Juan.

— Cette aurore boréale-là, mon lieutenant, elle est de ma façon et j'en ai la recette.

Bientôt, en effet, nous vîmes le malheureux bourg se tordre sur la montagne et disparaître dans la fumée et les lueurs rouges de l'incendie. Nos camarades étaient ensevelis.

Deux jours après nous étions à Tarragone, où les soins d'un major habile achevèrent notre guérison.

Le père « Ça-me-chausse » a été plus tard tué à Montmirail, pendant la campagne de France.

Lorsqu'on releva son cadavre pour l'enterrer, on trouva sur sa poitrine une espèce de petite pochette bizarre attachée à son cou par une ficelle. Dans cette pochette il y avait des cheveux d'enfant, blonds comme de l'or fin, annelés et doux, du duvet d'ange.

Pauvre petite Juanina, était-ce sur ton front innocent qu'il les avait coupés, pendant cette nuit terrible, à Las Cabezas de San-Juan?

PARIS. — IMPRIMERIE LAHURE

9, RUE DE FLEURUS, 9